حب سراب

رواية

في حلم عُراب

عُراب وذات الرموش

د. جُمَّان الريحاني

إهداء..

إهداء إلى الليالي الساحرة وإلى ليالي الشرق الساهرة

والتي ملؤها السحر والجمال

إهداء إلى روح الشرق في الحكايات

وروح الشرق في الروايات

إهداء إلى قصص الشرق المشرق بروح المغامرة

جمان الريحاني

عراب الشاب

جُمَّان:

حكايتنا الأولى يا مولاي هي:

حب سراب في حلم عُراب "عُراب وذات الرموش"

كان يا مكان في سابق الأيام، كان هناك شاب هُمام اسمه عُراب، كان الشاب شجاع وفارس مقدام، يشهد له الجميع بالحكمة والحنكة، كان الشاب عُراب حلم الصبايا والجميلات والفاتنات، أما هو فقد كان مثقل الأحمال بقضايا العشيرة ولا يفكر في الزواج بعد.

كان عُراب حامي الديار ومقاتل الأعداء، ومعين الناس ومخفف الأعباء، يساعد الكبير ويحن على الصغير، يحبه الجميع ويحترمه الجميع.

كان لشيخ العشيرة من البنات تسعة، وكانت له رغبة بأن يصبح عُراب صهره، ولكن عُراب كان يفضل التروي في اتخاذ القرار، فقد كان يحلم بأن يتزوج عن حب وليس فقط هكذا أو زواج مصلحة.

عراب الفارس

لم يكن لعُراب بنات خال أو عم فقد جرت العادة في العشائر العربية أن يتزوج الشاب من بنات العائلة، ولكن عُراب الذي يطارد حلمه حتى لو كان له من القريبات ألف فتاة ما كان ليختار منهن واحدة.

كان عُراب يقود الجيش حين الغارات ويتقدم الفرسان حين يُغار عليهم، يدافع بكل قوته ويجيد اللعب بالسيف وكأنه لعبة خفيفة الوزن في يده يلوحها في السماء ويقطع بها الرقاب.

كان أيضا يستقبل القوافل التجارية من مسافات بعيدة لكي تكون تحت حمايته، وإن استلزم الأمر سافر معها ذهابا وإيابا ولكن شيخ العشيرة لا يفضل أن يتركهم عُراب لمدة طويلة من الزمن فرحلة القوافل التجارية تتطلب أشهرا.

كما أن عُراب كان المغيث للعشائر والقبائل القريبة منهم وهو لا يرد نداء مستغيث.

في أحد الأيام وبعد غزوة من الغزوات كان عُراب مريضا ويعاني من الحمى نتيجة بعض الجروح التي تلقاها، أصيب بالحمى لعدة أيام اشتدت عليه حتى خاف عليه الجميع.

ذاع نبأ في القبيلة وذلك بأن قبيلة صغيرة مجاورة لهم اسمها قبيلة بني كاس قد تعرضت للهجوم من طرف الأعداء، وقد وصل أحد المستغيثين الذي على حافة الموت ليخبر قبيلة عُراب ويستنجد بهم.

كانت الفوضى في القبيلة والناس يصيحون حتى سمع عُراب بذلك الصراع ولكي يفهم ما يحدث، حمل نفسه بكل قوته وخرج من خيمته ثقيل الخطى يتمايل قليلا، سارع إليه أحد الأشخاص وأسنده عليه حتى وصل إلى الشخص الجريح المستغيث.

كان شيخ القبيلة والفرسان جميعا يقفون هناك، عندما علم الجميع بأن المغير هم قطاع الطرق وعصابة زيد الأعور فقرروا بأن لا يجلبوا المشاكل لأنفسهم لأنهم يعلمون بأنهم أقوياء وقد تصبح الخسائر كبيرة خاصة أن فارسهم مريض، كما أن العصابة سوف تنتقم منهم إذا تدخلوا في حربهم على بني كاس.

عراب الشجاع والمغوار والشهم

لكن هذا الكلام لم يقعن الفارس عُراب الذي قرر أن يهب للنجدة رغم حالته الصحية السيئة، نصحه الجميع بعدم المجازفة بالفرسان لكنه قرر الذهاب لوحده وأعفى الجميع من المشاركة.

كان الأمر مجازفة كبيرة وتبدو النتيجة سيئة نظرا لكل الظروف ولكن عُراب فارس عنيد.

قرر الإسراع لنجدة قبيلة بني كاس فيما ترك وراءه كل الفرسان والقبيلة في خوف عليه من الخطر، كان ذلك اليوم من الأيام السيئة من ناحية الطقس، فقد كان الحر شديدا والرياح بين سريعة ومضطربة، كما أنه كان هناك غبار كثير تحمله الرياح.

لم يأبه غُراب لكل هذه الأمور ولا لسوء الطقس ولا للخطر الذي ينتظره ولا لمرضه والحمى التي تلهب جسده.

تائه في الصحراء

ركب حصانه الأدهم وطار مسرعا مع الريح،
أعاقته العاصفة التي كانت على وشك الهبوب وهذا ما
جعله يخطئ الطريق ويحيد عنها،

وما هي إلى ساعات وهو تائه في عمق الصحراء
حتى سقط عن ظهر حصانه، وفقد الوعي، حين أفاق
أخذ يده لكي يمسح العرق من جبينه شعر وكان يده
مبللة وحين نظر إليها وجدها ملطخة بالدماء قام
مفزوعا وإذا بكل ثيابه ملطخة بالدماء.

نظر من حوله فوجد الأرض مليئة بالجثث والدماء في كل مكان، كان غُراب قد وصل إلى القبيلة ولكن في وقت متأخر نظر من حوله،

تمالك نفسه ومشى فوجد القبيلة كلها خراب وجثث، حتى الحيوانات كانت مقتولة والنساء العجائز والأطفال والرجال ولم يعتقوا حتى الشيوخ.

عض على أصابعه ندما وتساقطت الدموع من عينيه، ثم أحس بحرارة كبيرة في جسده وإذا به يقوم مفزوعا من نومه تحت أشعة الشمس الحارة،

فلم يكن ذلك إلا كابوسا أو حلما سيئا نتيجة الحمى التي هو مصاب بها وكانت حرارة الشمس تشوي جسده الذي لا يظله شيء.

تمالك نفسه، أدرك أن ما رآه كان حلما، أخذ نفسا عميقا ثم قام من مكانه والعرق يتصبب منه، وجد نفسه في مكان قفار، لا شجر ولا ظل ولا ماء،

فقط أرض وسماء، وشمس بأشعة محرقة تلهب الهواء، لا حصانه معه ولا يعرف أين هو بالضبط.

كما أنه لا يعرف كم مضى من الوقت عليه وهو في هذا المكان.

أخذ يمشي ويمشي لساعات وساعات حتى حل الليل وأصبح الجو لطيف، أنهكه التعب لكنه قرر أن يواصل المشي ليلا لأنه أكثر رحمة من المشي تحت أشعة الشمس المحرقة.

فقرر أن يواصل المشي حتى يجد مكانا يأويه.
مشى كثيرا حتى تقطع صندله فرماه، فتشققت رجلاه من الأرض الوعرة.

كان يتبع النجوم ويأمل في النجاة.

لم تكن تلك الليلة مقمرة ولا مظلمة، كانت السماء صافية ومرصعة بالنجوم والشهب تزينها حينا بعد حين وكأن السماء تحتفل بشيء ما.

أحس عُراب وكأنه وصل إلى مكان فيه شجر، فاتكأ على شجرة ليست بالكبيرة ولا الصغيرة، وقرر البقاء في ذلك المكان حتى يطلع النهار،

وأخيرا وضع ظهره على الأرض ليرتاح من تعب السير، وراح يجول بالنظر في النجوم والشهب حتى غفي.

السيدة العجوز

كان غُراب منهكا، متعبا، عطشانا، جائعا، يعاني من جروح في رجليه وتشققات دامية في قدميه، كما أنه كان مريضا فقد كان جسده ككرة ملتهبة متقد من الحمى، غط في نوم عميق، ونام كالقتيل، لم يصحو إلا على أصوات ضحكات أطفال.

وكان يشعر بشيء بارد ندي يوضع على قدميه.

وعندما فتح عينيه وجد أمامه وعلى الشجرة فوق رأسه فتيات صغيرات جميلات بأثواب طويلة عليها ورود ربيعية وشعورهن مختلفة الألوان من تدرجات البني حتى الأصفر الشمسي.

وما إن فتح عينيه حتى سارعت الفتيات بالهرب والاختباء، حاول النهوض لكي يجلس.

وعندما رفع ظهره من على الأرض وجد امرأة عجوز تجلس عند قدميه فعرف ما الشيء الرطب الذي أحس به على قدميه.

لقد كانت عجوز حكيمة أو معالجة وقد كانت تحمل صحنا به خلطة وتضعها على قدمي عُراب، كانت الخلطة أشبه بالحناء.

اعتدل عُراب في الجلوس وتشكر العجوز لكنها لم ترد عليه بكلمة واحدة، وغادرت في حال سبيلها، أما هو فقد أخذ يجول بنظره ويتأمل المكان الذي هو فيه.

فوجد المكان غريبا عليه أشجار محيطة كالسور
وفي الداخل أشجار مثمرة والثمار ناضجة، لم تكن هذه
الأشجار المثمرة لتنمو ها في الصحراء، ولكن لا
يستطيع أن يكذب عينيه.

جنة على الأرض

كان هناك نبع ماء وفتيات مراهقات جميلات تحملن جرار الماء، ونسوة تعتني بالماشية، ومجموعة من السيدات يجلسن أمام خيمة، إحداهن تقوم بخض اللبن.

كان الجميع يسترق النظر لغُراب، لأنه غريب عليهم، ولكن من خلال ما رأى غُراب يبدو أن الرجال لهذه العشيرة قد خرجوا في حرب أو غارة أو شيء

من هذا القبيل، ولكن ما لم يلاحظه عُراب ولم ينتبه له هو أنه لا يوجد حتى أولاد ذكور صغار.

بعد أن أحس بأن تلك الخلطة التي على قدميه قد نشفت همّ لكي يقوم من مكانه فجاءت باتجاهه فتاة صغيرة تحمل قدحا من اللبن الطازج، وضعته بين يده وهرعت مسرعة ودون نطق كلمة واحدة.

تذكر عُراب بأنه عطشان جوعان فروى ظمأه باللبن البارد وشعر بالشبع أيضا، كان يشرب وكأن الإناء لا ينقص من اللبن شيء حتى وضعه وكان الإناء شبه مليء باللبن وهو ممتلئ رويان.

قام عُراب وإذا بفتاة تمسك يده لكي تعينه على الوقوف وتعطيه عصا لكي يتكئ عليها، وحين نظر إليها لم تكن فتاة واحدة بل كن ثلاث فتيات فأومئن له بأن يتبعهن ومشين،

تبعهن عُراب حتى وصلوا إلى منطقة الخيام، إنها منطقة مليئة بالخيام المصطفة وراء بعضها البعض بشكل طولي وعلى العرض أيضا مشوا بين الخيام، وكانت هناك نساء في كل مكان يسدلن الستائر على أنفسهن.

حتى وصلوا إلى خيمة كانت قمتها تعلوا كل الخيام
الأخرى، كانت خيمة ليست بلون الخيم الباقية، كان
اللون الغالب على الخيام البني القاتم

أما هذه الخيمة التي تتوسطهم وهي أكبر حجما
كان لونها ازرق داكن.

كانت تقف على البوابة حارسات وكلهن نساء،
يلبسن ملابس جميلة جذابة، ولكنها ليست مستورة فقد
كانت تظهر بطونهن، ولا يضعن شيئا على رؤوسهن،

ولكن هناك نقاب يخفين بها نصف وجوههن، لا تظهر من وجوههن إلا العيون القاتلة الفاتنة.

وصل عُراب إلى البوابة فأشارت له تلك الفتاة التي ترافقه بالدخول هنا، فقامت الحارستان بفسح المجال وقامت أخرى بفتح الباب.

فوجد أمامه بوابة أخرى وحارستان أيضا وثالثة فتحت البوابة، وحدث معه نفس الشيء للمرة الثالثة والرابعة، حتى وجد نفسه في قاعة كبيرة تتوسطها بركة ماء وحولها فتيات كثيرات.

وبعض النباتات تحيط بأرجاء القاعة.

جاءت خمس فتيات صغيرات وأمسكن بيدي عُراب وقدنه إلى مكان مختلف وراء تلك القاعة، لقد كانت قاعة أخرى وبداخلها مكان كالخلوة،

تحيط به حارسات وخادمات، وعليه ستار شفاف،
يظهر من خلف الستار الشفاف وجود شخص يجلس
هناك.

سيدة الصحراء

في خضم كل تلك الأحداث لم يسمع عُراب كلمة واحدة من أي شخص، فكانت أول كلمة سمعها:

((مرحبا بك أيها البدوي))

كان صوتا أنثويا رقيقا وساحرا، صادر عن الشخص الذي وراء الستار

أراد أن يرد عُراب فاكتشف بأن صوته لا يخرج أبدا، أمرت تلك السيدة إحدى خادماتها أن تقدم لعُراب

عسل النخيل، وطلبت منه أن يتناول القليل لكي يرجع عليه صوته.

وبالفعل أصبح بإمكانه أن يرد، فتشكر الخادمة وسألها: شكرا لضايفتك ولكن أين أنا؟

السيدة:

هل يهمك حقا أن تعرف أين أنت؟، أليس الأهم فقط أنك حي ترزق.

عُراب:

نعم من المهم أنني حي والفضل لكم، لذا أنا اشكر فضلكم وكرمكم، ولكن أريد أن أعرف موقعي بالذات لكي أتمكن من العودة إلى عشيرتي.

السيدة:

لا لا يجوز ذلك أنت في ضيافتنا لثلاثة أيام وبعد ذلك يمكنك أن تقرر إذا كنت تريد العودة وسوف نساعدك.

عُراب:

هل لي بسؤال لو سمحت؟

السيدة:

تفضل، ولكن كن حذرا ليكن سؤالا ضروريا لا فضوليا

عُراب:

هل أنت سيدة العشيرة، وأين الرجال ؟

السيدة:

نعم أنا سيدة العشيرة، أما بالنسبة للرجال فهذا سؤال دافعه الفضول، اسمع لنتفق لن نسألك شيئا لأنك ضيفنا، ولن تطرح أنت أسئلة بلا معنى، ولا فائدة أيضا، أيها الضيف العزيز.

عُراب:

حسنا، اتفقنا سيدتي، ونادني عُراب

أمرت السيدة خادمتها بأن ترافق الضيف إلى خيمة الضيافة، التي وجد فيها أشهى المأكولات وأصنافا لا يعرفها من الطعام، وأنواع الشراب، وخدم وحشم ورفاهية لم ير لها مثيلا من قبل.

أخذ غُراب حماما ساخنا وارتدى بعض الثياب النظيفة التي وجدها موضوعة على السرير، أكل من الطعام حتى شبع، ثم غفي ولم يدرك أنه نائم حتى استيقظ على صوت غناء رائع، قام من مكانه وكأنه يحلم في خيمة مليئة بالستائر الشفافة.

وتقدم وراح يدخل من باب إلى باب ومن خيمة إلى خيمة حتى رأى خيال امرأة تخرج من حوض الاستحمام وتضع الخادمات رداء عليها تبعها وهي

التي كانت تصدر الأغاني، وهي تمشي وهو يتبعها، وحين اقترب منها حقا ولم يفصلهما إلا ستارة شفافة، وكانت المرأة مقابلة له وجها بوجه، وحين أزاح الستارة وجد رأس أفعى كبيرة انقضت عليه ولدغته، فصرخ واستيقظ من نومه.

القتل المحرم

حين استيقظ هرعت إليه الجواري والخادمات وأحضرن الدواء فقد كان قد تلقى لدغة حية، بعد ذلك وبعد أن هدأ، أتت إليه إحدى الخادمات.

وأومأت إليه بأن يتبعها إلى جناح الملكة التي كانت في انتظاره.

فاطمأنت على صحته، ثم أخبرته بأن هذه المنطقة مشهورة بوجود الأفاعي ولكنها غير سامة تصيب

الشخص ببعض الحمى فقط وهم يملكون العلاج، وأضافت "لا تقلق".

عُراب:

لقد باغتتني وأنا نائم لو كنت مستيقظا لقتلها في الحال

السيدة: (وهي مفزوعة)

لا رجاء إن صادفتها لا تقتلها، إن قتلها محرم هنا، كما أنها غير مؤذية كما سبق وأخبرتك

عُراب:

حسنا.. أعدك ولكن يجب أن أتذكر ذلك، فأنا أتصرف لا إراديا حين أباغت لأنني فارس قبيلتي وأجيد القتال.

السيدة:

هذه معلومات جديدة نعرفها عنك يا عُراب.

عُراب:

نعم يا سيدتي أنا كتاب مفتوح ولا تضايقني الأسئلة فلو طرحت عليّ ألف سؤال لن أتضايق.

بينما أنا لا يجوز لي طرح الأسئلة ولا أستطيع معرفة المزيد عن هذه العشيرة الساحرة والناس الطيبين والملكة الرحيمة التي لم أر حتى وجهها.

السيدة:

لا تستعجل يا عُراب فهذا فقط اليوم الأول لك هنا

عُراب:

وهل بيدي حلية غير الصبر

السيدة:

اسمع هاك بعض المعلومات.

أنا هنا لا ألقب بسيدة العشيرة بل بالملكة.

وأنا السيدة الأولى هنا.

اسمي "ذات الرموش"

عُراب: (مقاطعا كلامها)

آسف لأنني قاطعتك ولكن أليس ذات الرموش اسم

أفعى

الملكة "ذات الرموش":

نعم أحسنت إنه كذلك.

وهذه صفة جديدة نعرفها عنك أنت فارس شجاع

ورجل ذكي أيضا.

عُراب:

أكملي كلامك لو سمحت.

الملكة "ذات الرموش":

نعم، بما أن اسمي قد أثار انتباهك سوف أخبرك لما تمت تسميتي بهذا الاسم.

وهذا السبب وراء أن قتل الأفاعي هنا محرم وممنوع، اسمع الحكاية.

لقد تمت تسميتي هكذا لأن والدي كاد يموت في الصحراء وتم إنفاذه من طرف أفعى.

فاعترف بجميلها وعندما رزق بي أسماني باسمها،

ومنذ ذلك اليوم تم تحريم قتل الأفاعي فنحن مدينون لها بحياتنا.

عُراب:

جيد، قصة جميلة ولم أسمع قصة مشابهة لها من قبل.

الملكة "ذات الرموش":

هل اكتفيت بهذه المعلومات لهذا اليوم؟

لنا حديث آخر فيما بعد.

فالسهرة طويلة وسوف نحتفل بك الليلة، نل قسطا من الراحة قبل السهرة رجاء.

عُراب:

حسنا يا مولاتي

عن إذنك..

فانا أشعر بالحمى جراء لدغة الأفعى.

مملكة في الصحراء

وقفت الملكة في مكان مكّن عُراب من أن يرى شكلها تقريبا، لقد كانت تلبس رداء أصفر اللون شفافا طويل الأكمام وطويلا حتى قدميها.

وتلبس تحته فستانا أصفر ذهبي اللون، ضيقا يبرز تفاصيل جسدها، الفاتن، وأكمامها طويلة تغطي حتى رسغيها.

وأيضا الرقبة طويلة وتغطي كل تفاصيلها، وكان شعرها البني (أسمر مصفر يميل للأحمر قليلا) منسدل

على ظهرها ناعم وطويل، كما أنها كانت تضع نقابا شفافا على وجهها.

وعلى رأسها تاج ملتصق بجبينها، ينزل بين حاجبيها، وكأنه قلنسوة من الجلد على رأسها، وعلى وجهها غطاء بيج شفاف فلا يظهر من وجهها إلا عينيها.

لاحظت الملكة "ذات الرموش" بأن عُراب يتأملها من خلف الستار فالتفتت إلى الوراء وقالت:

يبدو أن الفضول يملؤك يا عُراب.

استحى عُراب فقد كان كلامها يعني بأنها عرفت أنه يتأملها من خلف الستار فأشاح بنظره واعتذر واستأذن بالخروج من فوره.

غادر عُراب وأخذ جولة في القبيلة أو المملكة كما تقول الملكة "ذات الرموش"، فلاحظ بأن الحيوانات

غريبة بعض الشيء لا من ناحية أشكالها ولا من ناحية ألوانها وتصرفاتها أيضا.

ولاحظ كيف أن النساء يقمن بكل الأعمال وحتى المخصصة للرجال، ولا وجود للرجال أبدا، بعد قليل دخل خيمته فوجد الخادمات وقد أحضرن له ثيابا جديدة مطرزة ومزركشة، وكأنها ثياب ملك،

ارتدى الثياب ورافق الخادمات إلى خيمة الملكة "ذات الرموش"، كانت السماء غائمة وداكنة الزرقة فقد غابت الشمس منذ ساعة تقريبا، وكان هناك بساط أحمر أمام بوابة الخيمة ومصابيح على الطرفين ومشاعل للنار.

عندما اقترب سمع صوت الموسيقى، وعندما دخل كان الصوت يصبح أوضح، فأوضح حتى وصل إلى القاعة التي زارها نهارا، فوجد الفرقة الموسيقية والجواري يرقصن.

وموائد الطعام ممتدة من اليمين إلى اليسار والفواكه بغير مواسمها.

أشارت له إحدى الخادمات إلى المكان الذي يجب أن يجلس به، وما هي إلا دقائق معدودة وبينما هو

مندمج بين رقص وموسيقى حتى سمع صوت الملكة من خلفه.

هما هي المفاجأة، لقد خرجت الملكة من خلف الستار وقررت أن تنضم لعُراب وأن تجلس معه.

لم يصدق عُراب ما حدث، ولكنه كان سعيدا جدا، يبدو أن الملكة قد أدركت أن عُراب قد رآها بشكل واضح من خلف الستار ولم يصبح تخفيها ذا معنى.

كما أنها أصبحت تثق بعُراب بعض الشيء.

لم تقم الملكة بتغيير ثيابها بل كانت بنفس الفستان الذهبي ونفس العباءة الصفراء عليه، لم يكن عُراب قادر على تأملها بشكل واضح حياء منه، ولكنه رأى عينيها بشكل جلي، لديها عيون حمراء صفراء، ورموش طويلة بنية، والتاج على جبينها.

وكل رأسها ولكنها كانت تجمع شعرها وتبين بأن للعباءة قلنسوة شفافة فكانت تضعها على رأسها.

ما هو السبب وراء هذا التصرف من الملكة، يبدو أنها تستلطف عُراب.

بين مزح وجد، وموسيقى ورقص وجو بهيج،
سأل غُراب ولم يكن سؤاله من باب الفضول، ألا يوجد
أحد يستطيع الغناء هنا؟ ليمتعنا بصوت جميل؟

كان سؤاله عفوي من شدة انبساطه وسعادته لكل
ما يدور حوله، لذا لم تعاتبه الملكة بل بالعكس لقد
همّت هي بالغناء، لأنه لم يكن هناك في كل المملكة
أحد يتكلم إلا هي.

كما سمع في أول مرة ضحكات الفتيات
الصغيرات، وغير ذلك لم يسمع غُراب شيئا آخر.

آه.. آه ما أجمله من صوت رغم أن الكلام غير مفهوم فهي كانت تغني بلغة غير معروفة، لقد كان عُراب سعيد جدا يتناول العنب الأخضر.

كان يبدو على عُراب حالة من الهيام والحب، وكأنه وقع في حب صاحبة الصوت الناعم، وكأنه فعلا أحب الملكة.

ولكن هل يجوز ذلك؟ هل ذلك أمر معقول؟

لم يكن عُراب يفكر بأي شيء سوى أنه في قمة السعادة وأن الجميع يرحب به هنا، وهو ضيف مميز.

كان يبدو على الملكة "ذات الرموش" أنها تبادل عُراب الإعجاب رغم الفرق الذي بينهما فهي ملكة وهو عابر سبيل.

كما أن كلا منهما من عشيرة، وقد تكون لديها قوانين في مملكتها، ولكن قد تكون كل هذه الأمور سخيفة أمام الحب.

شعر عُراب بالانجذاب المتبادل بينه وبين الملكة
ولكنه كان خائفا من أن يكون هذا تجاوزا لحدوده، أو
خرقا لآداب اللياقة والضيافة، فقرر أن يكتم الأمر في
نفسه.

حلم مخيف

في اليوم الثاني استيقظ غُراب وقد رأى في حلمه بأن هناك أفعى في فراشه، وعندما استيقظ بحث عنها فلم يجدها لكنه وجد آثار لدغات كثيرة في جسده فنادى على الخادمات فأحضرن له الدواء وقمن بوضعه على كل اللدغات.

عندما اجتمع مع الملكة على الإفطار أخبرها بمعاناته مع الأفاعي ولدغاتها، ضحكت عليه الملكة بحس فكاهة واعتبرت كلامه طرفة وحس فكاهة.

وأخبرته بأن الأمر غير مقلق، فهذا موطنها الأصلي وهم جميعا ضيوف على أرضها، كما أنها غير مؤذية في حالة ما إذا لم تتم أذيتها.

تناول غُراب الإفطار والملكة تكلمه وتتجاذب معه أطراف الحديث فهي لا تنزع النقاب الشفاف عن وجهها أبدا، ولكن ملامحها الجميلة واضحة من خلف النقاب.

الملكة لا تغير فستانها الذهبي الجميل.

أو أن لديها عديد الأثواب ولكنها كلها بلون واحد وتفصيل واحد ومن قماش واحد.

قدمت الملكة "ذات الرموش" بعض صناديق الهدايا لغُراب لأنه سوف يغادر يوم غد.

فكانت الصناديق تحتوي فاخر الثياب، والعطور.

والمأكولات من حلويات تقليدية وفاكهة في صناديق
بلاستيكية.

51

وأخبرته بأنها سوف تجهّز له حصانا وجمل،
وسوف ترسم له طريق العودة في خريطة.

تضايق عُراب وظهرت ملامح الحزن بادية على وجهه، لم يكن من تصرفات الملكة الطيبة وكل تلك المجاملات والتصرفات النبيلة، ولكن الملكة لاحظت الحزن البادي عليه فسألته قائلة:

مالك يا عُراب؟ هل قلت شيئا أثار إزعاجك؟.

عُراب:

لا أبدا يا مولاتي.

الملكة "ذات الرموش":

ولكن ما بك إذن؟ لماذا أنت حزين؟

عُراب:

أنا متضايق من أمر مختلف، أنتم غمرتموني بالكرم
وحسن الضيافة، وأظن أنني لم أحظى بيوم مريح في
حياتي كلها، وقد حظيت بالكثير هنا، ولا يمكنني أن
أنسى كل السعادة التي عشتها بينكم.

الملكة "ذات الرموش":

ولكن لماذا تقول كل هذا الكلام؟

عُراب:

أنا حزين لمغادرتي.

الملكة "ذات الرموش":

ونحن أيضا نشعر بالحزن لذلك،

وأضافت قائلة وبعد تردد:

عُراب هل تفضل البقاء هنا والعيش بيننا؟

عُراب:

نعم، أظن أنني كذلك، فأنا لا أحد لي في قبيلتي التي كنت أعيش فيها، لا أحد لي في هذه الحياة كلها، وقد نذرت نفسي لمساعدة الناس.

الملكة "ذات الرموش":

إذن أنت موافق على العيش هنا.. معنا.

عُراب:

لا أعرف، أشعر ببعض الحيرة فقط.

الملكة "ذات الرموش":

ولكن ما الذي يمنعك وما سبب الحيرة؟

عُراب:

لا شيء في الحقيقة، ولكن إن بقيت هنا فذلك لسبب آخر، ولا أستطيع الإفصاح عنه.

الملكة "ذات الرموش":

لما لا؟، يمكنك قول كلما تريد وبصراحة.

عُراب:

أخشى أن يزعجك كلامي.

الملكة "ذات الرموش":

يزعجني أنا.. لا.. لا تقلق أنا لا أنزعج بسهولة، تفضل وقل ما لديك.

عُراب:

حسنا، ولكن إن لم يعجبك ما سأقوله أنا أسحبه وكأنني
لم اقله أبدا ومستعد حينها للمغادرة بدون أي نقاش،
وبدون أية كلمة إضافية.

الملكة "ذات الرموش":

اتفقنا يا عُراب.

عُراب:

اسمعي قبل أن آتي إلى هنا كانت حياتي فارغة ولا
معنى لها، لقد كنت أبيع حياتي وفي كل هجوم أو
دفاع، فأنا فارس وحياتي كلها في ساحة النزال، لم أذق
طعم الراحة ولم أحظى بلحظة هدوء في حياتي قط.

وعندما أحضرتني الظروف إلى هنا، أعجبت
بالمملكة والناس والمكان، أنا حقا أشعر بالألفة هنا، ولم

يسبق أن غمرني أحد بكل هذا الحنان ولم اشعر
بالأمان سابقا، لقد كنت أنام والسيف في حضني.

اعتراف بالحب

بالنسبة لي شخصيا أنا كنت وحيدا واشعر بالوحدة كثيرا، فأنا وجدت نفسي في وسط القبيلة يتيم الوالدين، ولا إخوة لي، لكنني كنت أحلم بأن أكون عائلة، وأن تكون لي أسرتي الخاصة.

وكان المهم عندي ورغم كل المغريات التي كانت أمامي من فتيات القبيلة وبنات العشائر التي كنت أهم لمساعدتها.

إلا أنني كنت قد قررت أن أتروى في اختيار شريكة حياتي من أجل أن تكون بيننا مشاعر وليس

زواجا مدبرا أو تقليديا لطالما كنت أحلم بزواج مبنيا على الحب.

كانت الملكة تنصت لما يقوله عُراب بكل شوق واهتمام وهو يروي أهم الأحداث التي حدثت معه في حياته.

واصل عُراب كلامه قائلا:

مولاتي أنا لا أعرف الكثير عنك ولا عن رجال قبيلتكم، عفوا أقصد رجال مملكتكم، ولا أعرف شيئا عنك أنت تحديدا وأنت من يهمني أمرها.

كما أنني غير مسموح لي بطرح الأسئلة، رغم أنها أسئلة تهمني وليس السبب وراءها فضولا.

الملكة "ذات الرموش":

اسمع يا عُراب أخبرني بكل ما لديك ثم سوف أخبرك بكل المعلومات التي يهمك أن تعرفها ولكن فقط

الضرورية، فهناك قواعد تتقيد بها مملكتها ولا يمكننا تجاوز الحدود المرسومة من قبل أجدادنا، وهناك أمور محرم ذكرها والإفصاح عنها ممنوع بتاتا.

عُراب:

أجل أنا أعلم أن لكم الكثير من العادات وهذا الأمر قد لاحظته منذ البداية، وأنا لا أريد أي خرق للقوانين، فأنا أحترم مملكتكم كما هي وأحترمك أنت كثيرا وأقدرك.

الملكة "ذات الرموش":

شكرا على كلامك واحترامك، أكمل كلامك لو سمحت.

عُراب:

ما أريد أن أخبرك به وأنا متردد كثيرا ويملؤني خوف لم أشعر به في حياتي ولا حتى في أشرس المعارك التي قمت بها.

مولاتي الملكة ذات الرموش..

أولا:

اسمحي لي أن أعبر لك عن شكري وامتناني لك ولكل أهل المملكة على الضيافة وحسن المعاملة.

وثانيا:

أريدك أن تعلمي بما أشعر به، إنه شعور يغمرني ويتحكم بي، مولاتي أظن بل أنا متأكد من أنني معجب بك، وأتمنى أن لا يكون لديك أي مانع لمشاعري تجاهك.

لا أكاد اصدق بأنني سوف أغادر المملكة قلبي يدق سريعا قد يتوقف فجأة من الخوف.

لطالما كنت أسمع عن الحب من النظرة الأولى وأظن أن هذا هو الحب، فأنا أريد أن أبقى كل حياتي هنا وان لا أفترق عنك أبدا، لا أريد العودة إلى قبيلتي.

لم اعد أشعر بالانتماء إليهم اشعر بالانتماء لهذه المملكة.

مولاتي هل تقبلين مشاعري؟

قامت الملكة من مكانها وصمتت قليلا، ودون أن تلتفت إلى عُراب قالت له:

عراب دعني بمفردي لبعض الوقت لو سمحت، وسوف أرسل في طلبك لاحقا.

المحاولة شرف الشجعان

لم تعط الملكة فرصة لعُراب لكي يرد عليها ودخلت الى غرفتها تاركة له في القاعة بين خوف وقلق، فتحت الحارسة الباب لعُراب تعبيرا منها على أنه يجب عليه الانصراف، فانصرف دون أن يفهم شيء.

غادر عُراب إلى خيمته وهو يعتقد بأنه أخطأ بفعله هذا، وانه قابل الإحسان بالتطاول وسوء التصرف، لام نفسه كثيرا.

ولكنه في نفس الوقت كان يقول في داخله المحاولة وإن كانت خاسرة أفضل من السكوت بدون أي تصرف، كان يجب أن أحاول ولو أن افشل فذلك ليس المهم.

فالمهم هو المحاولة والمحاولة هي شرف الشجعان وما تلقاه محاولتي هو من ترتيب القدر وهكذا لن أعيش مع ندم.

فلو لم أتصرف هكذا لعشت مع الندم طوال حياتي لأن الخوف والتردد هما دليل جبن وعجز، وأنا لم أكن يوما ضعيفا ولا متخاذلا.

في الليل وحين حل الظلام، وبينما عُراب في غرفته بين ملايين الأفكار أتت إليه جارية وطلبت منه أن يرافقها ولكن فقط بالإشارة.

فهن لا يتكلمن أبدا.

علم غُراب بأن الملكة في انتظاره فكان يدعو

داخل نفسه بأن يكون جوابها الرضا وأن تكون موافقة

على وجود المشاعر بينهما.

حين دخل عُراب إلى القاعة طلبت منه الجارية
التي عند باب الملكة أن يدخل إلى القاعة الخاصة بها
والتي لم يدخلها سابقا، حين دخل وجد بعض الجواري
ووجد الملكة على غير عادتها، وجدها تلبس الكثير من
الجواهر.

فكانت تضع على صدرها عقدا أحمر اللون ناريا
من الياقوت وفي وسطه حجر ياقوت كبير جدا على

شكل بيضوي وعلى جانبي الحجر حجرين أقل حجما منه وبنفس الشكل واللون.

فكان العقد يظهر من تحت عباءتها الصفراء الشفافة، وكانت تجمع شعرها وتضع فوق رأسها القلنسوة التي هي تاج الملكة وفوقه القبعة التابعة للعباءة والتي هي جزء منها وتضع النقاب أيضا.

كان شكل الملكة مختلف بعض الشيء وكان مظهرها يوحي بالهيبة والوقار.

الملكة "ذات الرموش"

هنا علم عُراب بأن أمرا مهما يحدث فكان يشعر بشيء من القلق من أن يكون رد الملكة قاس، ولكنه كان رجلا شجاعا ومؤمن بصدق مشاعره وبأن ما قاله لا عيب فيه.

طلبت الملكة من عُراب الجلوس ثم قالت له:

أهلا بك يا عُراب، أيها الزائر الغريب، أيها الضيف العزيز، أيها الشخص الذي أصبح اليوم منّا قريب، اسمع يا عرب.

إن ما قلته هو بالفعل كلام كبير والصدق يظهر في نبرة صوتك وفي عينيك ولكن ما قلته يعني الكثير أيضا.

حاول عُراب أن يتكلم لكن الملكة طلبت منه أن يسمع كلامها إلى النهاية، وواصلت كلامها قائلة:

هل تعلم يا عُراب ما فهمته من كلامك؟

من كلامك وبأن لديك مشاعر تجاهي وبأنك تريد العيش هنا للأبد فهمت أنك تتقدم لطلب يدي ولكنك متردد لأنك لا تعرف حقيقتي وظروفي وإن كنت مرتبطة أو لا.

أليس كذلك؟

رد عُراب قائلا:

أنت أخبرتني بأنه غير مسموح لي بطرح أسئلة قد تكون بدافع الفضول يا مولاتي، لذا أنا لم أتجرأ على

طرح هذا السؤال بشكل مباشر، ورغبتي في الارتباط بك هي رغبة حقيقية وقد أخبرتك بعد أن تأكدت من مشاعري وعرفت بأنني أريد أن أكمل حياتي معك وأنني لا أستطيع العيش بدونك.

الملكة "ذات الرموش":

حسنا يا عُراب اسمع الآتي:

أنا لست مرتبطة، لا مخطوبة ولا متزوجة.

وبالنسبة لمشاعرك فإنها موضع ترحيب وأنا أبادلك نفس الشعور.

فرح عُراب ولم يستطع أن يداري فرحته، ولم يصدق ما سمعه لكن كان لكلام الملكة بقية، فأكملت كلامها قائلة:

يا عُراب أنت تعلم أنني ملكة ولي أولويات وقوانين تحكمني، اسمع يا عراب هناك عدة أمور

يجب أن تتقيد بها إذا أردت فعلا الارتباط بي، وقوانين يجب أن تلتزم بها في مملكتنا لأنك سوف تصبح واحدا منا.

عُراب:

أنا مستعد لأي شيء ومهما كان.

الملكة "ذات الرموش":

لا تستعجل يا عُراب يجب أن تسمع كل الشروط أولا وأن تأخذ كل الوقت الكافي للتفكير من أجل أن لا تندم مستقبلا، كما أنه قد تكون بعض الشروط لزواجنا صعبة عليك.

عُراب:

أنا مستعد لكل شيء ولا يمكن أن يقف أي شيء في طريقي وفي سبيل الزواج بك فأنت يا ملكي حب قلبي وحياتي، أنت كل أحلامي وأمنياتي.

الملكة "ذات الرموش":

استمع يا غُراب للشروط أولا ثم قرر فيما بعد.

اسمع مملكتنا هذه لها باب واحد للدخول وباب واحد للخروج، ومن يدخلها لا يخرج منها أبدا ومن يخرج منها لا يعود لها أبدا، فإن فتح الباب في وجهك لا يُفتح مرتين وإن أغلق في وجهك لن يُعاد فتحه لك أبدا.

فمن ينال الرضا لا يغضب عليه إلا إذا أجرم ومن يجرم يعاقب ولا ينظر في قضيته بعد عقابه.

عليك أن تعلم بأن السؤال عما لا يعنيك ممنوع منعا باتا.

ولا تنس بأن هذا المكان تسكنه بعض الأفاعي غير السامة فلا تقتل أفعى لأنه مناف لقوانين المملكة كما أن والدي تعاهد معهم على عدم قتل أي منهم، قد تكون خرافة ولكن هذا ما أخبروني به وأنا طفلة.

أما بالنسبة لي فسوف أكشف لك عن وجهي إذا قبلت بالشروط ولكن هناك شروط خاصة بي لن يكون هناك زواج إذا لم توافق عليها.

عُراب:

مولاتي أنا موافق على كل شيء وقبل أن أسمع فأنت تعرفين بأنني مصر على هذا الزواج ، مولاتي أنا أحبك وأريد أن ارتبط بك.

الملكة "ذات الرموش":

تحبني؟ عراب هذه الكلمة كبيرة جدا وهي تتطلب الشجاعة لقولها والثقة للحفاظ عليها.

عُراب:

نعم أحبك وأنا شجاع لأن أقولها وارددها طوال حياتي وأنا محل ثقة ولك كلمتي سوف تجدينني محل الثقة.

الملكة "ذات الرموش":

سوف نرى ونعرف كل شيء، الأيام سوف تكشف كل شيء.

عُراب:

واصلي كلامك أنا متشوق لأعرف المزيد.

الملكة "ذات الرموش":

الشروط الخاصة بي هي:

عُراب أنت لن تراني بدون ثياب ومهما حدث، فلن أقف أمامك عارية يوما.

وهناك يوم خاص بالاستحمام في الأسبوع، في هذا اليوم يمنع عليك منعا باتا أن تدخل خيمتي لأنني أحب أن آخذ راحتي وأنا أستحم.

كما أنني أغني في وقت الاستحمام فحتى لو جذبك صوت الغناء لا تقترب من خيمتي.

وفي حالة ما إذا تزوجنا وأنجبنا أطفالا قد تستغرب إن لم يكن لهم صوت، لأنني أعتقد أنهم قد يولدون بدون قدرة على النطق،

أو قد تراهم يتكلمون ولكنك لن تسمع أصواتهم لأنه..   ويمكنك أن تفهم الأمر هكذا ... وبشكل بسيط قد تكون هناك لعنة على مملكتنا تحرم أولادنا من الصوت.

فهل توافق على كل هذه الشروط العامة والخاصة.

عُراب: (والسعادة تغمره)

ألم أخبرك يا مولاتي بأنني أحبك، نعم أوافق وأنا موافق قبل أن أسمعها كلها.

ولا مشكلة لدي مع أي كلمة قلتها.

أنا أوافق يا مولاتي على كل الشروط العامة والخاصة باسم الحب، أوافق باسم الحب على كل ما

يجعلنا نتوحد ونتزوج ونصبح في بيت واحد، على أن تصبحي زوجي وحبيبتي.

فرحت الملكة بما قاله عُراب وعلّقت بما يلي:

عُراب أنا سعيدة بما أسمعه منك وأنا لم يسبق لي أن أحببت، وأظن أن ما يجمعها هو حب حقا، عُراب لقد أعطيتك ثقّتي فلا تخنها ولا تكسر قلبي.

عُراب:

مولاتي أنا أحبك

وأريد أن أكون سبب سعادتك لا حزنك،

أحبك

وسأكون محلّ ثقتك فلا تخافي.

الملكة "ذات الرموش":

أتمنى أن لا أكون قد أخطأت بقراري هذا وأتمنى أن تكون محل الثقة يا عُراب.

عُراب:

أنا أحبك يا مولاتي ولك قلبي وحياتي وكل عمري.

الزفاف الملكي

أمرت الملكة "ذات الرموش" ببدء الاحتفال بحفل الزفاف وإقامة المراسيم الخاصة، فأمرت الجواري بأن يرافقن عُراب إلى خيمته من أجل أن يستعد وأرسلت له الثياب المناسبة لحفل الزفاف.

وفي ساحة المملكة وقرب نبع الماء وقف الاثنان وتعاهدا على الحب والوفاء والثقة الكاملة المتبادلة بين الطرفين.

كانت هناك أربع عجائز تقوم بمراسيم خاصة كلف قطعة قماش حول الزوجين ورباط بين أيديهما،

وقبل الانتهاء قامت عجوز بإعطاء إناء ماء لعُراب
لكي يشرب من نبع الماء الطاهر المبارك.

ثم أشارت له لكي يعطيه لزوجته لتشرب هي
الأخرى ومن أثر شفاهه على الإناء.

قامت الملكة بإلباس زوجها عُراب خاتم ياقوت
كبير ثم أسدلت النقاب على وجهها، تغيرت نظرة
عراب للحظة وكأن عيونه أصيبت بزغللة ثم لم يصدق
جمال زوجته الفاتنة.

أقسم عُراب على عدم الخيانة والانصياع لكل
أوامر المملكة وقوانينها ولو على قطع رقبته.

بعد ذلك كانت النساء والفتيات قد زيّن كل الخيام
وأشعلن المصابيح والمشاعل في كل مكان، وانطلقت
أصوات العزف والموسيقى احتفالا بزواج الملكة.

كان عُراب في قمة السعادة لدرجة أنه لم يكن يعرف الفرق بين الليل والنهار ولم يعد يعد الأيام، فلم يعد للزمن أهمية عنده، كان يعيش في بهجة وسرور.

الجواري يسهرن على رعايته وتلبية طلباته والملكة تحقق له كل رغباته وتغمره بالسعادة.

الأميرات الصغيرات

كان عُراب الملك لهذه المملكة فقد توجته زوجته ملكا يوم ولادة أول مولود لهما.

لقد رزقا بفتاة وأسمتها الملكة كُبرى لأنها ابنتها الكبرى، كانت فرحتها الأولى والكبرى ونور عينيها، ولدت الفتاة الشقراء الصغيرة ككل فتيات المملكة خرساء ولكنها تستطيع أن تسمع.

كانت جميلة جدا وشقية وتحب اللعب مع والدها فتقوم بعضه كثيرا وهذا يضحك عُراب كثيرا.

لم تمر مدة طويلة حتى رزق عراب بمولودة جديدة فأطلق عليها والدها اسم رمش العين تيمنا بزوجته لأنه كان يحبها حبا كبيرا جدا، فكانت رمش العين جميلة كوالدتها وأختها كبرى بشعر أصفر أيضا وعيون صفراء تشبه عيون والدتها قليلا.

وعندما ولدت له فتاة خضراء العيون وكان شعرها الأصفر يميل للون الأخضر فأسماها والدها زمردية، وأطلقت الملكة على ابنتها التالية اسم وردية لأنها ولدت في موسم الربيع والدنيا ورود وزهر، كما أن خدودها قد كانت ممتلئة وردية.

كان الزوجان يعيشان في سعادة غامرة والأيام تمر، والسنوات تتسابق، وأصبح لعُراب عائلة جميلة وزوجة رائعة وبنات جميلات جدا يحبهم ويحبونه كثيرا.

مرّت السنوات ولم يتغير حال المملكة ولم يدخلها أحد ولم يخرج منها أحد، ولكن عراب كان يحب حياته ولا يصدق السعادة التي تغمره،

ورغم كل شيء ورغم أن فتياته الصغيرات غير قادرات على النطق إلا أنه كان يشعر بحبهن له وهو

يبادلهن الحب حبين حب الأب لهن، وحب العاشق لوالدتهن فيغمرهن بحبه وحنانه، فهو تزوج الملكة حبا فيها.

لم يعد عُراب ينزعج من لدغات الأفاعي التي يجدها تكسو جسده كل صباح لكنه لم يرَ أفعى بعينيه لا صغيرة ولا كبيرة رغم أن الآثار على جسده تؤكد وجود أفاع بكل الأحجام ورغم مرور كل تلك السنوات.

كان عُراب كلما رزق بمولودة جديدة جدد عهد الحب لزوجته، وكل تلك الوعود التي قطعها أول مرّة لكي يظل متذكرا كلما نطق به لينال الموافقة على الزواج بالملكة "ذات الرموش"،

وقد كان يحاول الحفاظ على كل وعوده وأن لا يخرق أي قانون من قوانين المملكة، حتى الأسئلة لم يعد يطرحها أبدا ولا حتى بينه وبين نفسه.

توتر شديد وقواعد وقوانين

في أحد الأيام كان عُراب جالس تحت شجرة يتأمل السماء، وينتظر خبر ولادة زوجته بطفل جديد، وعندما تأخرت الولادة عن المعتاد وبما أنه ممنوع من الاقتراب من الخيمة الملكية لم يستطع الصبر.

ولم يجد شيئا يفعله وقد كان وحيدا وكل النساء ملتفات ومجتمعات حول خيمة الملكة يترقبون الولادة ومنهن من هي خائفة على حياة الملكة ومنهن من تشعر بالتوتر.

لم يجد شيئا يخفف من توتره، فأخذ جذع شجرة وراح ينحته بصخرة حتى أصبح كالرمح مدبب الرأس حادا، فهو لم يكن يملك سيفا ولا سلاحا، فالمملكة أمان ولم يضطر يوما لطلب سلاح، كما أنه لم ير حتى سكينا منذ سنوات عدّة.

فجأة سمع هرجا ومرجا فعلم بحدوث شيء ما فأسرع إلى ناحية الخيام، فوضع الرمح على سريره في خيمته، لأنه يملك خيمة منفصلة عن خيمة الملكة التي أحيانا تأخذ وقتا لوحدها ولبضع ليالي وأحيانا بعد الولادة لا تبقى مع زوجا في جناح واحد، فكانت لهما خيمة تجمعهما وخيمتان تفصلهما.

ولادة جديدة

ثم توجه إلى خيمة الملكة فالتقى بالجواري في الطريق وواصل السير معهم إلى أن وصل إلى خيمة الملكة فدخل إلى قاعة العرش التي وراءها غرفة الملكة الخاصة والتي يفصلها عن قاعة العرش ستار.

فتكلم مع زوجته من خلف الستار وأخبرته بأنه رزق بابنة جيدة لها خصلات حمراء تتخلل شعرها الذهبي ولها عينان حمراوان فضحك لأنه يعتبر بأن بناته كل واحدة تأخذ من والدتها صفة واحد.

واجتمعت حوله فتياته الفاتنات حين أحضرت له الجارية المولودة الجديدة وحين رآها سأل والدتها هل نسميها ياقوت فقالت:

كنت أرجو أن تطلق عليها اسم مرجانية فالخصل الحمراء كالشعب المرجانية وضحكت.

فرد وقال:

إنها مرجانية حبيبتنا الجديدة وصغيرتنا الجميلة.

ضحك الجميع والسعادة تغمرهم صغارا وكبارا.

أضغاث أحلام

في تلك الأيام التي كانت تفصلهم بعد الولادة كان عُراب منشغل بذلك الرمح الذي صنعه وقرر أن يقدمه هدية لزوجته حين يجتمعان من جديد، كان عُراب يقوم بنقشه شيئا فشيء.

وفي يوم كان يأخذ قيلولة.

فاستيقظ على كابوس وكان العرق يتصبب منه، من كل جسده، كما أن ملابسه كانت مبللة، كان عُراب

في حالة سيئة ومصابا بالحمى، حرارته تجاوزت المعقول، كان يمشي ويتمايل وكأنه لا يستطيع أن يحمل نفسه.

كان عُراب يسمع أصواتا وصراخا، ولكنه لا يفهم ما يجري، وقد رأي في حلمه قبيلة بني كاس تتعرض لهجوم، فاستيقظ مفزوعا لذا أخذ رمحه في يده وكان كأنه لا يعلم أين هو بالضبط.

خرج من خيمته وكانت الفتيات خارجا يعزفن ويرقصن ولكنه كان يرى أمرا مغايرا كان يرى الستائر الحمراء والخضراء التي كانت معلقة بين الخيام ألسنة نار ولهب يأكل الشجر الخضر رغم أن الأشجار لا توجد بين الخيام.

كسر المحرمات

كان صوت الغناء يصدر من خيمة الملكة التي كانت تحتفل بآخر يوم عزلة لها بعيدا عن زوجها الملك عُراب، فكانت في ساحة خيمتها تقوم بالاستحمام مع بناتها والجواري يقمن بخدمتها.

لكن عراب ثقيل الخطى والذي يتعكز على رمحه كان يسمع صوت غناء زوجته الذي لم يعهده مفهوما عنده بمثابة الصراخ، ونداء استغاثة سارع بكل ما يملك من قوة ودخل عليهم في الخيمة الملكية.

لقد فاجأ الملكة التي كانت تستحم وقد كان هذا الأمر محرما، وأحد أهم القوانين التي لا يجب خرقها، أحد أول وأهم الشروط لقبولها الزواج به.

لقد كانت عارية ولكن جسدها لم يكن عاريا بالمعنى الحرفي لقد كان مغطى بالحراشف التي تشبه الثوب الأصفر الذهبي الذي كانت ترتديها دوما.

ولكن رجليها مفصولتين أما الفستان فلم يكن هكذا، كما أن القلنسوة التاجية كانت تغطي كل رأسها ولم يكن لها شعر.

كانت في وسط البركة والماء يغطيها وما إن رأته حتى أصدرت صوت حفيف كرد فعل مفاجأة وأخرجت لسانها الأحمر المقسوم في نهايته إلى نصفين لتصرخ عليه.

خيانة الثقة وارتكاب ما لا يغتفر

فوجئ غُراب بما رأى ولم يستطع أن يميز إن كان حقيقة أو أنه مازال يحلم، ومع حفيف الملكة قفزت أفعى صفراء صغيرة نوعا ما في وجه غُراب، وبردة فعل لا إرادية،

ردّة فعل رجل محارب مقاتل غمد غُراب الرمح في الأفعى وقتلها، لتتحول بعد ذلك إلى ابنته الكبرى كوبرا، اختلطت المشاعر وعم الحفيف المكان

وانهارت الدموع ولبست الملكة رداءها الأصفر
وأمرت الحارسات بالقبض على عُراب.

الذنب المقترف

في تلك اللحظة كان عُراب لا يفهم ما اقترفته يداه لقد قتل ابنته الكبرى والتي كانت أفعى وزوجته لها جلد أفعى.

في تلك اللحظة تقدمت منه الملكة وقالت له:

أرأيت يا عراب، لقد قتلت ابنتنا وكسرت قلبي

لقد خنت الثقة، وكسرت قوانين المملكة

لقد أخلفت بوعودك ونقضت عهودك

أنت يا عُراب لا تستحق الحب

باسم الحب قطعت وعودا وباسم الحب أنت اليوم منبوذ.

باسم حبي لابنتي التي قتلتها أنت اليوم مغضوب عليك ومن مملكتي منبوذ.

أخرج ولا تعد والباب الذي سوف يغلق وراءك لن يفتح لك بعد اليوم.

والباب الذي فُتح لك يوما لن يتم فتحه ثانية بعد اليوم.

عقاب الخيانة العظمى

لم تضف الملكة حرفا واحدا، حتى استيقظ عُراب
والحمى تشوي جسده وقد كانت تحمله قافلة وجدته
مرمي في الصحراء وقام شيخ بعلاجه من لدغة أفعى
سببت له الحمى.

أمرهم عُراب أن يعيدوه إلى المكان الذي وجدوه
في لكي يرجع عن المملكة، لكنهم اعتقدوا بأنه يهلوس
من الحمى، لأنه لم يكن في مكان به مملكة، لقد كان
في عرض الصحراء وحيد ولم يكن بقربه شجر ولا

واحة ولا أي شيء آخر، كما أنهم يعرفون المنطقة
جيدا ولم يسمعوا بمملكة في تلك المنطقة سابقا.

أخبره الشيخ الذي أسعفه بأن المكان الذي وجدوه فيه يبعد عنهم مسيرة أربعة أيام، فاخبرهم بأن يضعوه في أي قبيلة قريبة لكي يرتاح عندهم ثم يعطوه حصانا ليعود عليه إلى قبيلته، فسأله الشيخ:

ومن أي قبيلة أنت يا ولدي.

أخبره عُراب :

أنا من قبيلة بني قابس.

الشيخ:

بني قابس، وكيف ذلك، لم يبق أحد من تلك القبيلة، لقد تمت مهاجمتها من طرف قطاع الطرق، ولكن ذلك حدث قبل أن تولد أنت، حدث ذلك قبل أربعين سنة حين كنت أنا صغيرا.

عُراب:

لا يعقل ذلك أنا لم أغب عنهم الا خمس سنوات، وهذا كان عمر ابنتي الكبرى كوبرا التي قتلها.

لقد كانت ابنتي أفعى ووالدتها الملكة ذات الرموش، لقد كانت أفعى.

لقد طردتني زوجتي من المملكة لأنني قتلت ابنتي.

هل تظن أنها سوف تسامحني يا جدي.

في تلك اللحظة علم الشيخ بأن عُراب هو رجل مجنون.

فكلامه لم يكن هلوسة حمى بل كان جنونا.

ثم أصر عليهم أن يتركوه بينما كانوا يخيمون
للراحة ولكي يقظة الليلة، وبينما هم نيام قام يمشي
وينادي على زوجته وبناته وهام على وجه في وسط
الصحراء.

Sommaire